AF305627

COLLECTION

DE

FEU M. LAURENT

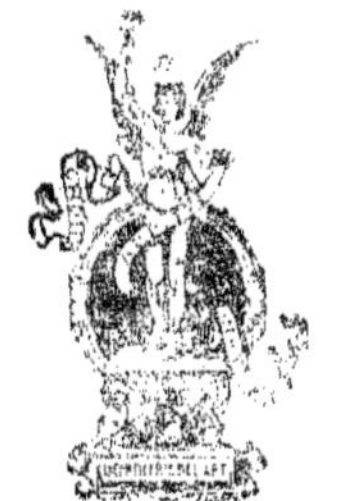

CATALOGUE

DES

Faïences et Porcelaines

ANCIENNES

OBJETS DE VITRINE

ÉVENTAILS, GRAVURES, TABLEAUX

IVOIRES — BUIS — FERS — ARMES — BRONZES

FLAMBEAUX, APPLIQUES, CHENETS, PENDULES

BOIS SCULPTÉS — MEUBLES — SIÈGES

Étoffes et Tapisseries

Composant la Collection de feu M. LAURENT

DONT LA VENTE AURA LIEU

HOTEL DROUOT, SALLE N° 11

Les Mardi 30, Mercredi 31 Mars et Jeudi 1er Avril 1909

à deux heures

Mᵉ F. LAIR-DUBREUIL | **M. CAILLOT**
COMMISSAIRE-PRISEUR | EXPERT
6, rue Favart | 52, rue de la Victoire

EXPOSITION PUBLIQUE

Le Lundi 29 Mars 1909, de 1 h. 1/2 à 5 h. 1/2

CONDITIONS DE LA VENTE

Elle sera faite au comptant.

Les adjudicataires paieront *dix pour cent* en sus des prix des enchères.

L'Exposition mettant le public à même de se rendre compte de l'état et de la nature des objets vendus, il ne sera admis aucune réclamation pour quelque cause que ce soit, une fois l'adjudication prononcée.

Paris. — Imp. de l'Art, Ch. Berger, 41, rue de la Victoire.

ORDRE DES VACATIONS

DÉSIGNATION

ANCIENNES FAIENCES
FRANÇAISES ET ÉTRANGÈRES

1 — **Alcora.** Grand plateau oblong à bord découpé en ancienne faïence d'Alcora polychrome, décoré de personnages, animaux et ornements divers, dans le goût de *Bérain*. Blason au centre surmonté d'une couronne de comte.

Long., 535 millim.; larg., 40 cent.

2 — **Aprey.** Deux vases, forme Médicis, en ancienne faïence d'Aprey, décor polychrome de bouquets en relief; le bouton du couvercle est formé d'une rose et d'un fruit en haut relief.

Haut. totale, 3o cent.

3 — **Delft.** Burette couverte en ancienne faïence de Delft bleu, décor chinois : balustrade et branchages fleuris.

Haut., 11 cent.

4 — **Delft.** Buire, de forme octogonale, à anses torses, en ancienne faïence de Delft bleu, décor de branchages fleuris, cerf, oiseau et lambrequin. Marquée au revers : **A K**.

Haut., 29 cent.

5 — **Delft.** Deux petites bouteilles côtelées en ancienne faïence de Delft polychrome, décorées d'un lambrequin, d'oiseaux, de fleurs et ornements divers. Marquées au revers : **A P K Nº 5**.

Haut., 175 millim.

6 — **Delft.** Plat rond en ancienne faïence de Delft bleu, rouge et or, décoré dans le goût japonais de deux personnages, pagode, balustrade, oiseau, vase fleuri et ornements divers. Marqué : **A P K**.

Diam., 305 millim.

7 — **Delft.** Plat identique au précédent.

8 — **Delft.** Petit plat rond en ancienne faïence de Delft, bleu, rouge, vert et or, décoré dans le goût japonais d'un perroquet, d'une pagode, balustrades, grand branchage fleuri et ornements divers.

Diam., 26 cent.

9 — **Delft.** Plat identique au précédent.

10 — **Delft.** Plat rond en ancienne faïence de Delft bleu, rouge, vert et or, décoré d'un grand branchage de fleurs avec perroquet; au marli, petit lambrequin. Marqué au revers : **A V K**.

Diam., 31 cent.

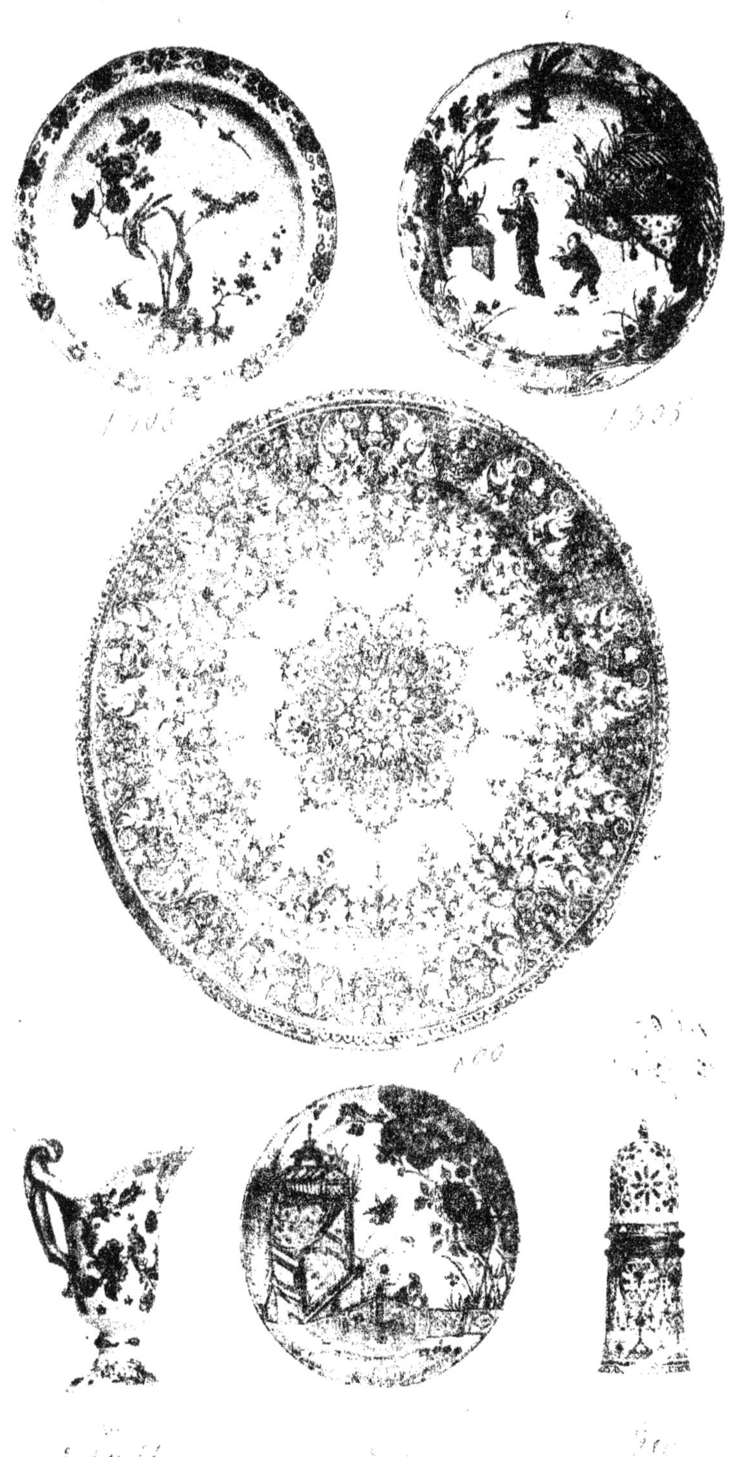

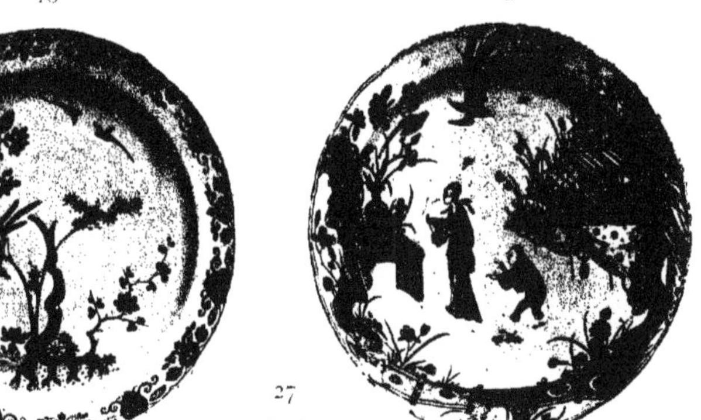

10
6
1.605
1.605

27
800

50
345 u 85

8
2055

51
280

11 — **Delft.** Plat semblable au précédent.

12 — **Delft.** Cruche en ancienne faïence de Delft, décor bleu, rouge et vert de lambrequins, semis de fleurs et ornements divers.

Haut., 215 millim.

13 — **Nevers.** Fontaine, sans couvercle ni bassin, en ancienne faïence de Nevers polychrome, décor rocaille : amour et tête d'ange.

Haut., 39 cent.; larg., 25 cent.

14 — **Nevers.** Bouteille en ancienne faïence de Nevers bleu, décor chinois.

Haut., 23 cent.

15 — **Nevers.** Écuelle couverte, à oreilles plates, repercées en forme de fleurs de lys, en ancienne faïence de Nevers, décor de quadrillés et fleurs. A l'intérieur, l'inscription : *Pour M*^{lle} *Fouquet*, l'an 1765.

Diam., 155 millim.

16 — **Nevers.** Jardinière, de forme oblongue, à anses torses, en ancienne faïence de Nevers, décor blanc fixe et deux tons de jaune sur fond gros bleu.

Long., 32 cent.; larg., 20 cent.; haut., 10 cent.

17 — **Nevers.** Potiche sans couvercle en ancienne faïence de Nevers, décorée en blanc fixe et deux tons de jaune sur fond gros bleu d'oiseaux, fleurs et ornements divers.

Haut., 30 cent.

18 — **Nevers**. Vase, forme rouleau, en ancienne faïence de Nevers, décoré en blanc fixe et deux tons de jaune sur fond gros bleu de fleurs, feuillages et oiseaux.

Haut., 27 cent.

19 — **Nevers**. Très grand plat en ancienne faïence de Nevers bleu et manganèse, décoré en plein d'un sujet de quatre personnages chinois dans un paysage.

Diam., 52 cent.

20 — **Niederwiller**. Soupière, de forme oblongue, avec anses et mascarons, décor polychrome de bouquets de fleurs et ornements en relief; le bouton du couvercle est formé de coquillages.

Long., 33 cent.

21 — **Niederwiller**. Deux groupes en ancienne faïence blanche de Lorraine.

22 — **Niederwiller**. Deux chandeliers en ancienne faïence de Niederwiller, décorés de bouquets de fleurs.

Haut., 20 cent.

23 — **Pesaro**. Cornet, à deux renflements sur piédouche, en ancienne faïence de Pesaro polychrome, décoré de bouquets de fleurs.

Haut., 20 cent.

24 — **Raeren**. Petite cruche en ancien grès de Raeren bleu, gris et manganèse; dans un médaillon, cavalier en costume Louis XIV et branchage de fleurs. Couvercle en étain.

Haut., 23 cent.

25 — **Rouen**. Assiette en ancienne faïence de Rouen, décor bleu et rouge, lambrequin au marli et à la chute et fleur avec feuillages au centre.

Diam., 24 cent.

26 — **Rouen**. Petit plat, à huit pans, en ancienne faïence de Rouen, décor bleu et rouge, composé au marli de guirlandes et pendentifs; au fond, en bleu, armoirie de marquis supportée par deux lions.

Diam., 285 millim.

27 — **Rouen**. Très grand plat rond en ancienne faïence de Rouen bleu, entièrement décoré d'un grand lambrequin, composé de pendentifs et fleurons, relié à une grande rosace centrale.

Diam., 55 cent.

28 — **Rouen**. Six assiettes en ancienne faïence de Rouen, décor au carquois. (Sera divisé.)

29 — **Rouen**. Porte-huilier en ancienne faïence de Rouen polychrome, décor de *Guillibeaux*, à la pagode.

30 — **Rouen**. Bannette, à huit pans, en ancienne faïence de Rouen polychrome; au marli, bande ornementale de fleurs avec dix réserves sur fond bleu; au fond, pagode.

Long., 335 millim.; larg., 235 millim.

31 — **Rouen**. Bannette semblable à la précédente.

32 — **Rouen**. Bannette, à huit pans, en ancienne faïence de
Rouen polychrome, décorée de guirlandes fleuries,
quatre cartouches et corbeilles de fleurs.

Long., 39 cent.; larg., 265 millim.

33 — **Rouen**. Deux bas de sucrières cylindro-coniques en
ancienne faïence de Rouen, l'une décorée en bleu et
l'autre en bleu et rouge. (Sera divisé.)

Haut., 145 millim. et 110 millim.

34 — **Rouen**. Soupière ronde et son plateau en ancienne
faïence de Rouen polychrome, décorés de branchages
fleuris et grenades, avec armoiries de marquis sur le
plat et le couvercle.

Diam. du plat, 30 cent.; diam. de la soupière, 25 cent.

35 — **Rouen**. Deux assiettes en ancienne faïence de Rouen
bleu et rouge, l'une décorée au fond de deux Chinois
et réserves contenant des animaux et des fleurs reliées
par des ornements divers; l'autre assiette, à bord
contourné, décor polychrome de guirlandes de fleurs
quadrillées et corbeille fleurie au centre. (Sera divisé.)

36 — **Rouen**. Bannette en ancienne faïence de Rouen
polychrome, décor dit au Léopard.

Long., 42 cent.; larg., 275 millim.

37 — **Rouen**. Assiette en ancienne faïence de Rouen
bleu, petit ornement au bord et, au fond, armoirie
de marquis.

38 — **Rouen**. Verrière de forme oblongue, à bord découpé et à deux anses, en ancienne faïence de Rouen polychrome, décor d'oiseaux et fleurs. *Atelier de Levavasseur*.

Long., 32 cent. ; haut., 125 millim.

39 — **Rouen**. Quatre assiettes en ancienne faïence de Rouen bleu et rouille, décorées au marli de fleurons, corbeilles fleuries, motifs de ferronnerie et ornements divers; au fond, un cul-de-lampe. (Sera divisé.)

Diam., 235 millim.

40 — **Rouen**. Assiette en ancienne faïence de Rouen bleu et rouge vif, décor rayonnant; au fond, un cul-de-lampe avec corbeille fleurie. Très beau coloris, marquée au revers *G h*.

Diam., 24 cent.

41 — **Rouen**. Assiette semblable à la précédente.

42 — **Rouen**. Assiette en ancienne faïence de Rouen bleu, entièrement décorée de guirlandes, fleurons et grande rosace. Très fine d'exécution.

Diam., 23 cent.

43 — **Rouen**. Assiette en ancienne faïence de Rouen bleu ; le fond est couvert par une rosace composée d'un dauphin, d'une étoile et ferronnerie, fleurons et ornements divers; au marli, ornement formé de dix arceaux de fleurs et feuillages.

Diam., 235 millim.

44 — **Rouen**. Assiette en ancienne faïence de Rouen bleu, décorée au marli et à la chute de six corbeilles fleuries, guirlandes et ornements divers; au fond, une armoirie de comte.

Diam., 245 millim.

45 — **Rouen**. Assiette en ancienne faïence de Rouen polychrome, décor en plein de trois personnages chinois, avec balustrades et ornements divers.

Diam., 24 cent.

46 — **Rouen**. Assiette en ancienne faïence de Rouen bleu et rouille, entièrement couverte d'un décor composé de sept bandes rejoignant une rosace centrale; entre ces bandes existent de grands fleurons. (*Très rare et belle assiette.*)

Diam., 24 cent.

47 — **Rouen**. Boîte à savon, de forme sphérique, sur piédouche, avec couvercle ajouré se vissant, en ancienne faïence de Rouen bleu et rouge vif, décor composé de bandes ornementales de cartouches quadrillés, vases fleuris, motifs de ferronnerie et ornements divers. (*Beau coloris.*)

Diam., 10 cent.; haut., 10 cent.

48 — **Rouen**. Grande bannette en ancienne faïence de Rouen, décor bleu composé au fond d'un grand cul-de-lampe, formé d'une corbeille fleurie avec motifs de ferronnerie et deux cornes d'abondance; le bord

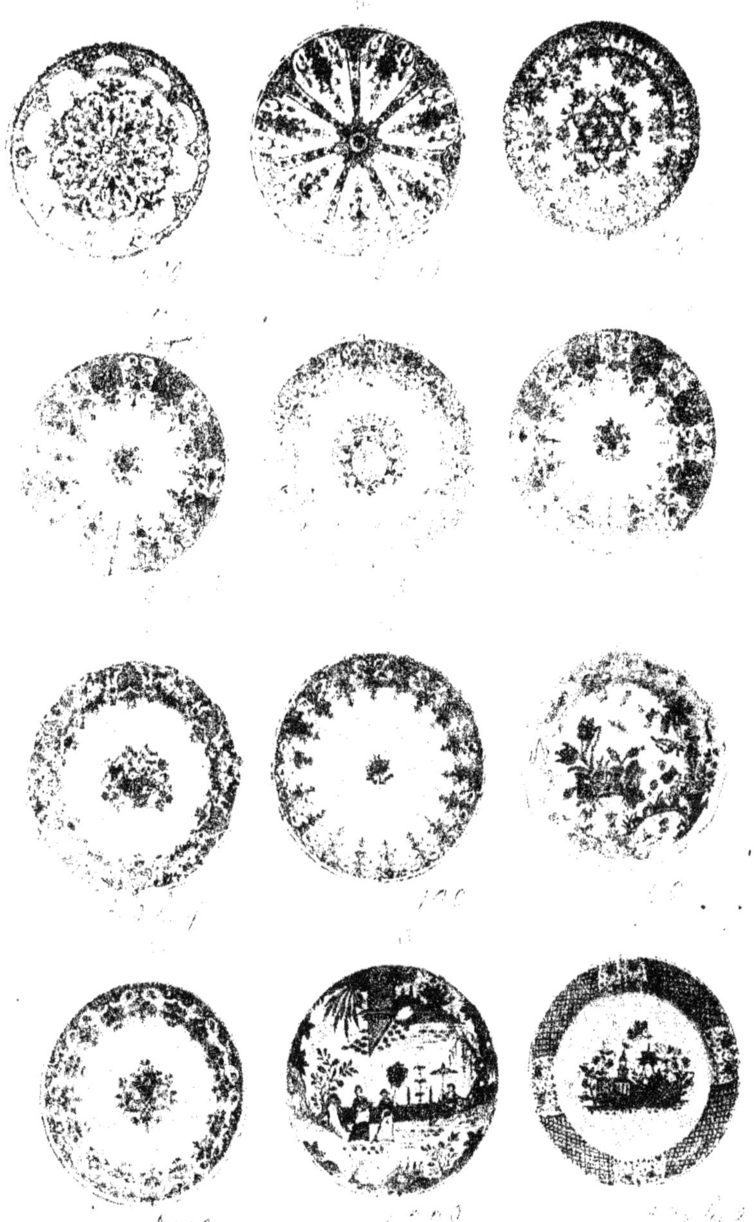

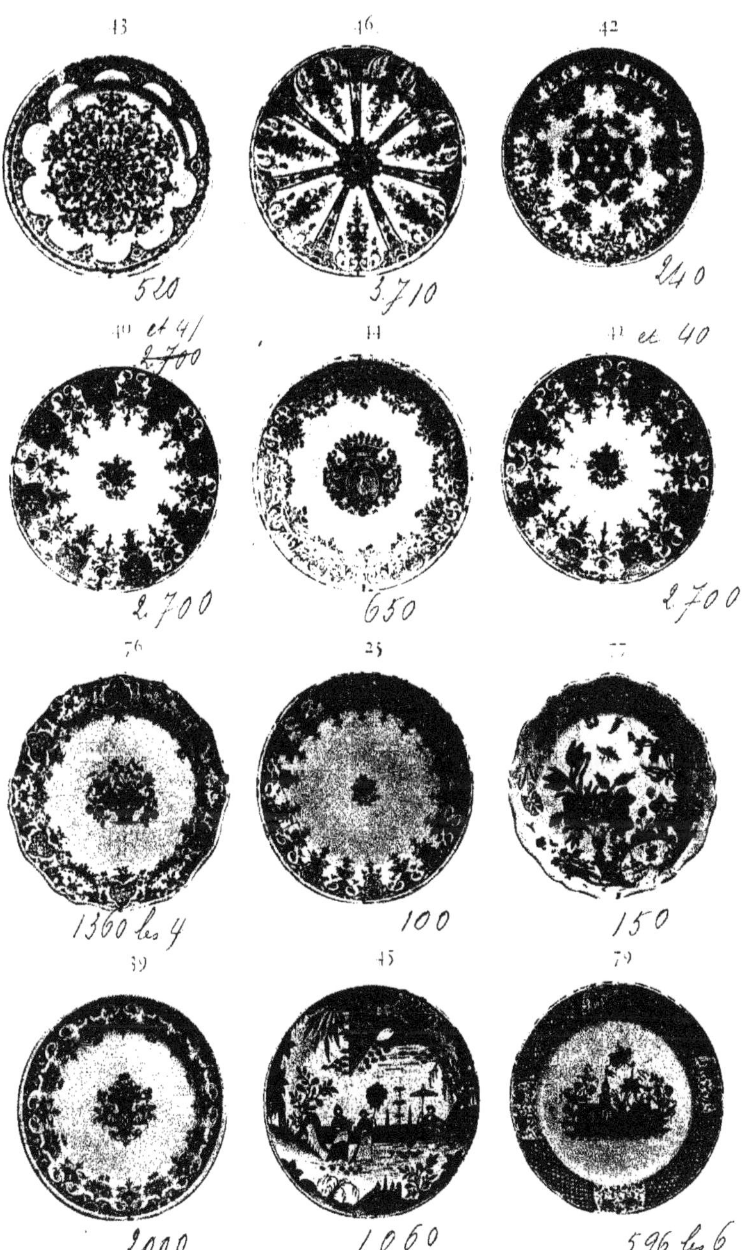

13
16
42
520
3.710
240
40 et 41
2.700
44
43 et 40
2.700
650
2.700
76
25
77
1.360 les 4
100
150
39
45
79
2000
1.060
596 les 6

et la chute sont couverts d'un très grand lambrequin de guirlandes, fleurons, pendentifs et ornements divers.

Long , 465 millim.; larg., 305 millim.

49 — **Rouen**. Grand pichet en ancienne faïence de Rouen bleu et rouge, décoré de deux grands médaillons dans lesquels se trouve sur la face le portrait de saint Jean dans un paysage; sous l'anse, l'inscription : *Jean Hésot, 1718;* ces deux médaillons sont reliés par de riches ornements. (*Très belle pièce, d'un superbe émail.*)

Haut., 31 cent.

50 — **Rouen**. Deux petites aiguières, forme casque, en ancienne faïence de Rouen, décor polychrome à la corne.

Haut., 23 cent. et 205 millim.

51 — **Rouen.** Sucrière cylindro-conique avec dôme ajouré se vissant en ancienne faïence de Rouen, décor bleu de cartouches, guirlandes, fleurons et ornements divers.

Haut., 225 millim.

52 — **Rouen.** Cache-pot cylindrique côtelé, à oreilles plates, en ancienne faïence de Rouen polychrome, décoré de guirlandes de fleurs et pendentifs.

Diam., 21 cent.; haut., 17 cent.

350
Mme Alain

53 — **Rouen**. Petite bouteille, de forme octogonale, en ancienne faïence de Rouen, décor polychrome de coquilles, motifs de ferronnerie et ornements divers.

Haut., 175 millim.

35
Mme Anger

54 — **Rouen**. Grand plat rond en ancienne faïence de Rouen bleu, décoré au fond d'une grande rosace et au marli d'un lambrequin.

Diam., 43 cent.

95
Payet

55 — **Rouen**. Cornet côtelé, forme rouleau, en ancienne faïence de Rouen bleu, décoré d'un grand lambrequin et ornements divers.

Haut., 24 cent.

160
Albert Laurent

56 — **Rouen**. Cache-pot cylindrique, à anses plates, en ancienne faïence de Rouen polychrome, décor à la corne.

Diam., 21 cent.; haut., 17 cent.

62
Carlhd

57 — **Rouen**. Petit compotier dentelé en ancienne faïence de Rouen polychrome, décor dit « Au Vase fleuri ».

Diam., 20 cent.

82
Payet

58 — **Rouen**. Bouteille côtelée en ancienne faïence de Rouen bleu, décor de fleurons et pendentifs.

Haut., 21 cent.

185
Weinberg

59 — **Rouen**. Deux pièces : moutardier et soucoupe, en ancienne faïence de Rouen polychrome, décor à la corne.

60 — **Rouen**. Bannette en ancienne faïence de Rouen
polychrome, décor à la fleur de sainfoin ; au bord,
bande de quadrillés jaunes et noirs avec dix réserves
de fleurs.

Long., 36 cent. ; larg., 245 millim.

61 — **Rouen**. Plat rond, en ancienne faïence de Rouen
polychrome, décor à la double corne.

Diam., 34 cent.

62 — **Rouen**. Grand plat ovale en ancienne faïence de
Rouen polychrome, décor à la double corne.

Long., 43 cent. ; larg., 32 cent.

63 — **Rouen**. Deux compotiers octogones en ancienne
faïence de Rouen polychrome, décor à la corne.

Diam., 24 cent.

64 — **Rouen**. Assiette, à bord contourné, en ancienne
faïence de Rouen polychrome, décor dit « A la
Gargouille ».

65 — **Rouen**. Saladier en ancienne faïence de Rouen
polychrome, décor à la corne.

Diam., 28 cent.

66 — **Rouen**. Deux compotiers à bords contournés en
ancienne faïence de Rouen polychrome, décor à la
corne.

Diam., 20 cent.

2

67 — **Rouen.** Deux petits compotiers à bords découpés en ancienne faïence de Rouen polychrome à la corne.

Diam., 185 millim.

68 — **Rouen.** Quatre compotiers à bords découpés en ancienne faïence de Rouen polychrome, décor à la corne. (Sera divisé.)

Diam., 22 cent.

69 — **Rouen.** Deux boîtes à épices, forme trèfle, en ancienne faïence de Rouen, décor bleu.

70 — **Rouen.** Deux jardinières-appliques à cinq pans en ancienne faïence de Rouen polychrome, décor à la corne.

Larg., 19 cent.; haut., 10 cent.

71 — **Rouen.** Bannette à bord découpé en ancienne faïence de Rouen, décor à la corne.

Long., 38 cent.

72 — **Rouen.** Bannette semblable à la précédente.

73 — **Rouen.** Tasse à café et sa soucoupe en ancienne faïence de Rouen polychrome, décor à la corne.

74 — **Rouen.** Bourdaloue en ancienne faïence de Rouen polychrome, décor de fleurs et feuillages.

Long., 185 millim.

75 — **Rouen.** Dix-sept assiettes en ancienne faïence de Rouen polychrome, décor à la corne. (Sera divisé)

76 — **Rouen**. Quatre assiettes, à bord contourné, en ancienne faïence de Rouen polychrome, décorées au marli de guirlandes fleuries, six cartouches quadrillés et ornements divers; au fond, corbeille de fleurs. (Sera divisé.)

77 — **Rouen**. Assiette, à bord contourné, en ancienne faïence de Rouen polychrome, dite « Au Vase fleuri ».
Diam., 235 millim.

78 — **Rouen**. Petite bannette en ancienne faïence de Rouen bleu et rouille, décorée au fond d'un cul-de-lampe composé d'une corbeille fleurie, deux oiseaux, guirlandes et ornements divers; au pourtour, lambrequin formé de fleurons, pendentifs et cartouches quadrillés.
Long., 325 millim.; larg., 215 millim.

79 — **Rouen**. Six assiettes en ancienne faïence de Rouen polychrome, marli quadrillé avec quatre réserves de fleurs, pagode au fond. (Sera divisé.) Une est marquée G 3.
Diam., 24 cent.

80 — **Rouen**. Assiette, à bord contourné, en ancienne faïence de Rouen polychrome, décor en plein de trois personnages chinois, dont un dans une barque, arbustes, balustrades et ornements divers.

81 — **Rouen**. Petit pichet en ancienne faïence de Rouen bleu, décoré de trois bandes verticales et branchages fleuris; couvercle en étain.
Haut., 21 cent.

82 — **Sceaux**. Deux cache-pot lobés, à anses, en ancienne faïence de Sceaux polychrome, décorés sur une face d'un Chinois et sur l'autre d'une pagode.

Diam., 20 cent.; haut., 185 millim.

83 — **Sceaux**. Deux petites tulipières, de forme aplatie, avec trois goulots et anses, en ancienne faïence de Sceaux, décor polychrome d'oiseaux.

Haut., 165 millim.; larg., 15 cent.

84 — **Strasbourg**. Deux compotiers lobés en ancienne faïence de Strasbourg polychrome, décorés de bouquets de fleurs.

Diam., 22 cent.

85 — **Sinceny**. Grand ravier, forme coquille, en ancienne faïence de Sinceny polychrome, décor rocaille de fleurs, corne d'abondance, papillon et hachures au bord.

Long., 33 cent.; haut., 23 cent.

86 — **Sinceny**. Théière en ancienne faïence de Sinceny, décor polychrome d'oiseaux sur branchages fleuris.

87 — **Varages**. Grande soupière, de forme oblongue, à anses, en ancienne faïence de Varages, décor polychrome de bouquets de fleurs et reliefs blancs.

Long., 44 cent.

ANCIENNES PORCELAINES

FRANÇAISEŚ ET ÉTRANGÈRES

88 — **Chine.** Six assiettes en ancienne porcelaine de Chine polychrome, décorées de fleurs et de quatre cartouches au marli, renfermant un poisson. (*Service Pompadour.*)

89 — **Chine.** Bol et son dessous côtelés en ancienne porcelaine de Chine polychrome, décor composé de huit bandes rayonnantes, avec ornements divers sur fond bleu, blanc et rouge.

90 — **Chine.** Grand plat, forme compotier, en ancienne porcelaine de Chine bleu, rouge et or, décoré en plein d'une rosace entourée de grands branchages de fleurs et feuillages.

Diam., 39 cent.

91 — **Chine.** Sucrier cylindrique couvert en ancienne porcelaine, décor de fleurs et poissons. (*Service Pompadour.*)

Haut., 14 cent ; diam., 105 millim.

92 — **Chine.** Petite bouteille en ancienne porcelaine de Chine, famille verte; monture bronze doré, de style Louis XIV.

Haut. totale, 20 cent.

93 — **Chine, Compagnie des Indes.** Chope en ancienne porcelaine de Chine de la Compagnie des Indes, décor polychrome composé d'une scène chinoise de quatre personnages.

Haut., 13 cent.

94 — **Japon.** Burette en ancienne porcelaine du Japon, décor bleu, rouge et or.

Haut., 17 cent.

95 — **Saint-Cloud.** Grand cache-pot rond, avec anses formées par des mufles de lion; le bord supérieur et la base avec godrons blancs en ancienne porcelaine pâte tendre, décor polychrome de grands oiseaux, branchages fleuris, haies et ornements divers dans le goût chinois.

Diam., 21 cent.; haut., 185 millim.

96 — **Saxe.** Groupe de deux personnages, représentant l'Enlèvement de Proserpine, sur terrasse, avec fleurettes en relief; ancienne porcelaine de Saxe, décor polychrome.

Haut., 21 cent.

97 — **Saxe.** Coupe oblongue sur quatre pieds, en forme de dauphins; au bord, quatre têtes de chiens en relief, en ancienne porcelaine de Saxe, décor polychrome de bouquets de fleurs.

Long., 31 cent.; larg., 165 millim.; haut., 8 cent.

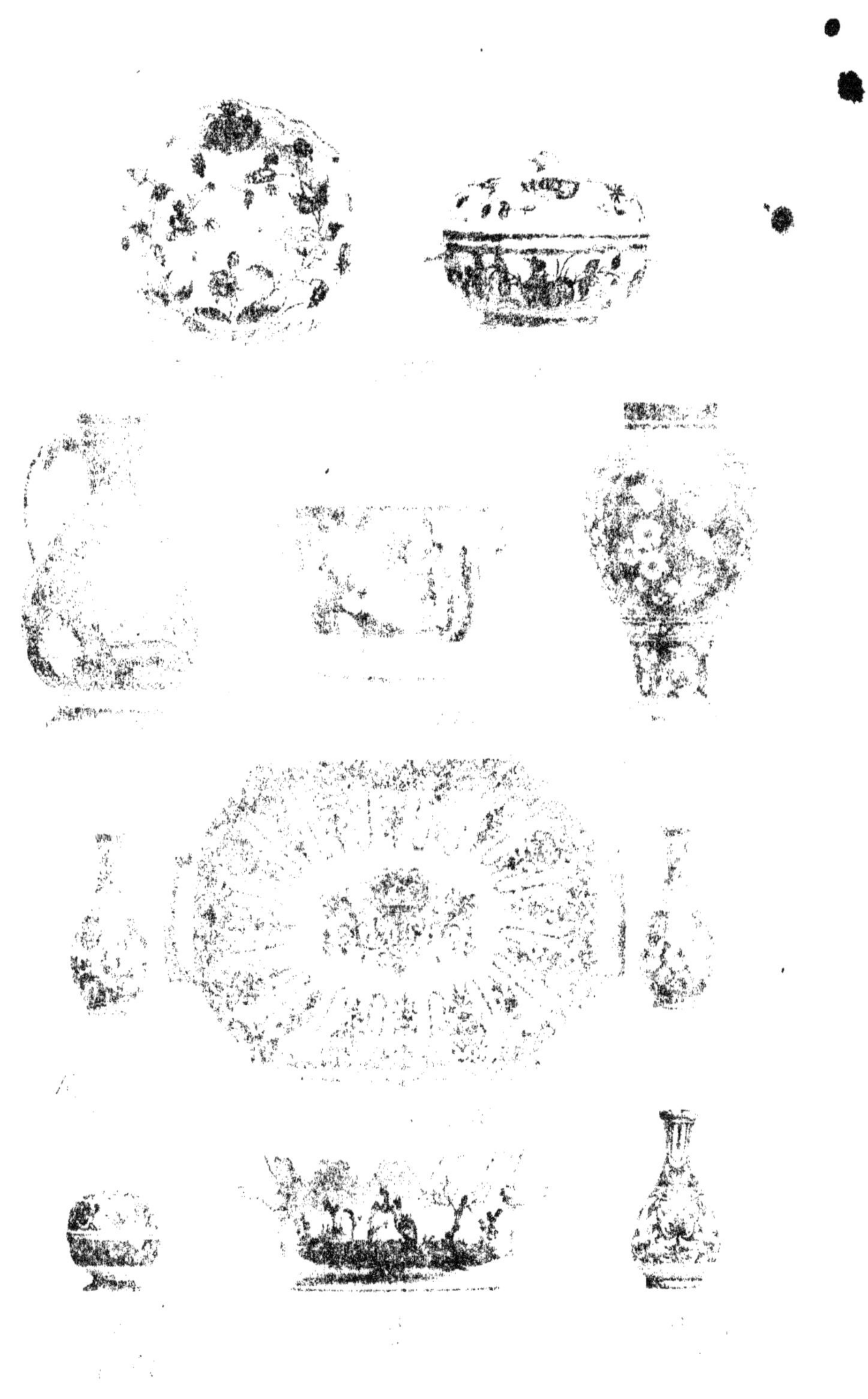

500   34

34

95 1.800

49 /550   17 455

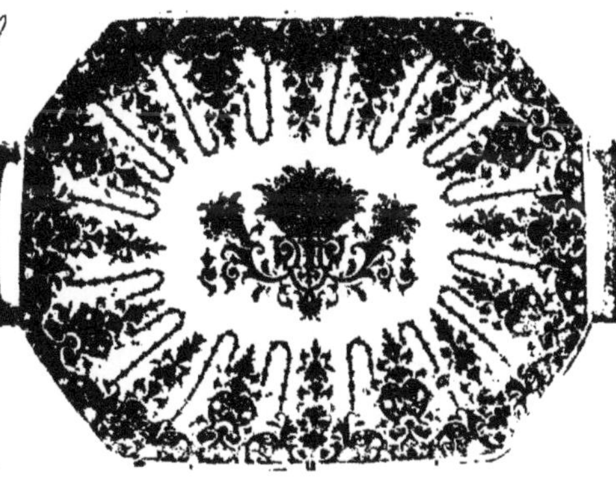

5

14 60 le. 2   5

48 1500

47   38"   53 350
5.100   700

98 — **Sèvres.** Deux pièces : salière basse, à deux cavités, en ancienne porcelaine tendre de Sèvres, décor *Barbeau*, et tasse mignonnette sans soucoupe en ancienne porcelaine tendre de Sèvres, décor polychrome et or de bouquets de fleurs.

99 — **Sèvres.** Théière en ancienne porcelaine tendre de Sèvres, décor polychrome d'un semis de fleurs.

100 — Sous ce numéro, faïences et porcelaines non cataloguées.

OBJETS DE VITRINE

101 — Petite boite rectangulaire en nacre incrustée d'ornements en argent; monture à charnière argent. Époque Louis XV.

> Long., 53 millim.; larg., 42 millim.

102 — Nécessaire en écaille incrustée d'or garni, à l'intérieur, de divers ustensiles. Époque Louis XV.

103 — Petite boite en nacre avec incrustations d'argent, renfermant quatre petits flacons et un entonnoir; monture argent. Époque Louis XVI.

> Haut., 78 millim.

104 — Tabatière rectangulaire en écaille brune; sur le couvercle, les médaillons en métal doré de Voltaire et de Rousseau.

> Long., 86 millim.; larg., 52 millim.

105 — Bonbonnière ronde en vernis rouge, avec semis doré d'étoiles et fleurs de lys; sur le couvercle, miniature sur ivoire : Portrait de femme.

106 — Tabatière rectangulaire en écaille brune, avec sujet représentant une danse italienne en mosaïque, entourée d'un cadre en or ciselé. Premier Empire.

> Long., 74 millim.; larg., 47 millim.

50

107 — Salière, à deux cavités, en émail de Battersea, composée de quatre médaillons de paysages et ornements en or sur fond vert clair.

Long., 13 cent.

92

108 — Boitier de montre, repercé à jours, en cuivre gravé, du xvie siècle. ,

91

109 — Grosse montre avec double boîtier en argent repercé à jours. Mouvement de *Paul Dupin à Londres.*

87

110 — Grosse montre, de l'époque Louis XIV, en cuivre doré, gravé et ciselé. Mouvement de *Gaudron à Paris.*

45

111 — Grosse montre, de l'époque Louis XIV, en argent repercé. Mouvement de *Gaudron à Paris.* Double boîtier en galuchat piqué d'argent.

296

112 — Grosse montre en cuivre émaillé, de l'époque Louis XIV, représentant un pèlerin et une pèlerine se donnant le bras. Mouvement de *Gaudron à Paris.*

100

113 — Cachet en argent, avec médaille représentant Louis XIII et Anne d'Autriche.

165

114 — Paire de salières ovales en argent fondu et ciselé, de l'époque Louis XVI; récipients en verre bleu.

115 — Deux médailles en argent, l'une représentant la
Conversion de saint Paul et l'autre, Adam et Ève, et
le Crucifiement.

Diam. de la 1re. 46 millim.; diam. de la 2e, 67 millim.

116 — Petit reliquaire en or émaillé du xvie siècle : d'un
côté, le Christ sur la croix; de l'autre, l'Annon-
ciation.

Haut., 37 millim.; larg., 24 millim.

117 — Deux pièces en or : une du xve siècle et l'autre du
roi Louis XVI, datée : 1787.

118 — Deux croix normandes en or et petits cailloux du
Rhin.

119 — Chatelaine en cuivre doré, de l'époque Louis XVI.

120 — Collier normand et sa croix en argent et strass,
de l'époque Louis XVI.

121 — Baiser de paix en émail peint de Limoges, représentant le Christ mort sur les genoux de la Vierge :
à ses pieds, un moine en prière. Fin du xvie siècle.

122 — Petite figurine en bronze patiné, de l'époque
Louis XIV, représentant un guerrier romain.

Haut., 9 cent.

123 — Très petit médaillon rond en plâtre, représentant
Marie-Marguerite de Bourbon, comtesse de Pagès,

dans un cadre en buis très finement sculpté, de l'époque XVI.

Diam. du cadre, 87 millim.; diam. du portrait, 34 millim.

124 — Deux médaillons ovales en cire, de l'époque de l'Empire : Portraits d'homme et de femme.

Haut., 9 cent.; larg., 7 cent.

125 — Deux miniatures sur ivoire, médaillons ovales représentant des scènes d'intérieur, du XVIIIe siècle. Cadre en cuivre doré, de l'époque Louis XVI.

126 — Miniature rectangulaire peinte sur vélin, représentant la Vierge et l'Enfant Jésus. Cadre en cuivre repoussé et doré, de l'époque Louis XVI.

Haut., 145 millim.; larg., 13 cent.

127 — Miniature ronde sur ivoire, représentant une femme en buste, de l'époque Louis XVI. Signée : *E. Depestre*. Cadre cuivre doré.

128 — Douze Boutons en acier, avec miniatures sur ivoire. Epoque Louis XVI.

129 — Miniature ronde sur ivoire : Portrait de femme, de l'époque du Directoire.

Diam., 75 millim.

130 — Sous ce numéro. bjets de vitrine non catalogués.

ÉVENTAILS
GRAVURES, TABLEAUX

131 — ÉVENTAIL, avec monture ivoire repercée, de l'époque Louis XV. La feuille, peinte sur vélin, représente une scène villageoise.

132 — ÉVENTAIL, de l'époque Louis XVI, monté en ivoire repercé. Feuille peinte sur vélin, représentant une pastorale.

133 — GOUACHE RECTANGULAIRE, représentant un bas-relief composé de cinq amours jouant avec deux boucs, peinte en grisaille dans la manière de *Sauvage*. Cadre mouluré en ébène.

Larg. de la peinture, 26 cent.; haut., 14 cent.

134 — PETIT TABLEAU peint sur cuivre, représentant un écrivain taillant sa plume, dans le goût de *Teniers*. Cadre en bois mouluré.

Haut., 95 millim.; larg., 65 millim.

135 — DEUX GRAVURES en couleurs, d'après Jean-Baptiste Huet : *L'Amant écouté* et *l'Éventail brisé*. Imprimées chez *Bonnet, rue Saint-Jacques à Paris*. Avec marge. XVIIIe siècle.

136 — Gravure en couleurs, de Debucourt : *La Noce au château*. Sans marge. Cadre en bois sculpté doré. xviiie siècle.

137 — Gravure en couleurs, de Debucourt : *Annette et Lubin*. Sans marge. Cadre en bois sculpté doré. xviiie siècle.

138 — Deux tableaux peinture sur toile, sujets de batailles, avec cadres bois sculpté doré, de l'époque Louis XVI.

Haut., 1 m. 2 cent.; larg., 82 cent.

139 — Sous ce numéro, éventails, gravures et tableaux non catalogués.

IVOIRES ET BUIS

310

140 — Christ en ivoire sur croix en bois noir. xviiie siècle.

Haut. du Christ, 42 cent.

141 — Miroir chinois avec bas-relief en ivoire et nacre : barque contenant de nombreux personnages.

Haut., 17 cent.; larg., 17 cent.

142 — Deux pièces en ivoire sculpté : béquille de canne et pommeau de pistolet. xviie siècle.

205

143 — Couteau et fourchette, manches ivoire du xviiie siècle, représentant, le couteau : un satyre apprenant à jouer de la musique et la fourchette : Mercure et Vénus.

144 — Sifflet en ivoire sculpté, du xviiie siècle, composé d'un groupe de deux personnages : moine et villageoise.

Haut., 85 millim.

220

145 — Baiser de paix en ivoire sculpté, représentant : le Christ sur la croix, ayant à ses pieds quatre saints personnages. xvie siècle.

Haut., 125 millim.; larg., 78 millim.

5.100
Hamburger

146 — Volet de dyptique en ivoire sculpté, représentant : un guerrier terrassant l'Hydre. xvie siècle.

Haut., 20 cent. ; larg., 8 cent.

147 — Deux bas-reliefs en ivoire sculpté, représentant :
l'un, deux satyres enlevant une nymphe ; l'autre,
satyre et personnage musicien. Cadres en ébène mouluré et sculpté. xviiie siècle.

Haut. des ivoires, 14 cent. ; larg., 10 cent.

148 — Etui en ivoire sculpté, représentant en bas-relief :
une chasse au cerf. Epoque Louis XVI.

Haut., 105 millim.

149 — La Vierge et l'Enfant Jésus en ivoire sculpté, de
l'époque Louis XIV.

Haut., 16 cent.

150 — Tryptique en ivoire ; sur le volet du milieu :
Christ en croix, la Vierge et Saint Jean ; sur le volet
de gauche : un évêque et sur celui de droite : une
sainte. xvie siècle.

Larg., 115 millim. ; haut., 96 millim.

151 — Deux petites figurines en ivoire, représentant :
le Printemps et l'Eté, sur socles en bois tourné.

Haut. totale, 115 millim.

152 — Petit bas-relief en hauteur, ivoire, représentant :
Saint Marc agenouillé devant le Christ. Cadre en
ébène. xviiie siècle.

Haut. de l'ivoire, 13 cent. ; larg., 85 cent.

153 — Médaillon ovale, bas-relief en ivoire sculpté :
scène de buveurs, d'après *Teniers*.

Larg., 9 cent. ; haut., 72 millim.

154 — PETIT MÉDAILLON ROND en ivoire, bas-relief représentant : Jupiter précipitant Phaéton. Epoque Louis XIV.

Diam., 85 millim.

155 — PETIT MÉDAILLON OVALE en ivoire, bas-relief représentant : Pallas et Arachné. Epoque Louis XIV.

Long., 10 cent ; haut., 7 cent.

156 — RAPE A TABAC en ivoire finement sculpté, de l'époque Louis XVI, représentant : Flore et Zéphire.

Long., 205 millim.

157 — RAPE A TABAC en ivoire sculpté, du xviiie siècle : médaillon renfermant le portrait d'une dame décolletée.

Long., 20 cent.

158 — RAPE A TABAC en ivoire sculpté, du xviiie siècle, représentant : la Musique et l'Abondance.

Long., 22 cent.

159 — RAPE A TABAC en buis sculpté, de l'époque Louis XIV; sur l'une des faces, grande dame caressant un chien, avec l'inscription : *Fidélité — Mérite Amour*; sur l'autre face, un amour traînant une femme dans un char, avec l'inscription : *C'est pour la verser*.

Long., 195 millim.

160 — PIPE EN BUIS très finement sculpté, de l'époque Louis XV. Couvercle en argent.

161 — RAPE A TABAC en bois sculpté, représentant Saint
Louis; à la partie supérieure, les armes de France.
XVIIIe siècle.

Long., 20 cent.

162 — COFFRET RECTANGULAIRE, forme tombeau, en ébène
avec moulures. Époque Louis XIII.

Long., 275 millim.; larg., 19 cent..; haut., 18 cent.

163 — COFFRET RECTANGULAIRE en buis finement sculpté,
par *Bagard de Nancy*, de l'époque Louis XIV.

Long., 29 cent.; larg., 22 cent.; haut., 11 cent.

164 — BUIS [: Vierge et l'Enfant Jésus en buis sculpté.
Époque Louis XIV.

Haut., 205 millim.

165 — PETIT PANNEAU en buis sculpté, bas-relief représentant Sainte Madeleine, dans un cadre mouluré.

Larg., 20 cent.; haut., 135 millim.

166 — PETIT MIROIR avec peinture, dans un cadre en noyer
sculpté, de l'époque Louis XVI.

Haut., 36 cent.; larg., 31 cent.

167 — SOUS CE NUMÉRO, objets en ivoire et buis non catalogués.

FERS ET ARMES

168 — **Coffret rectangulaire** en fer repercé, avec jolie serrure ciselée. xve siècle.

> Long., 30 cent.; larg., 22 cent.; haut., 16 cent.

169 — **Marteau de porte** en fer ciselé, de l'époque de la Renaissance.

170 — **Deux serrures gothiques** en fer repercé et ciselé.

171 — **Loquet** en fer repercé, de l'époque gothique.

172 — **Poignée et garde d'épée** en fer damasquiné, de l'époque Louis XV.

173 — **Cachet a trois faces**, avec manche en fer repercé et gravé, de l'époque Louis XV.

174 — **Six clés**, dont une incomplète, en fer gravé. xve et xviiie siècles.

175 — **Couteau et ciseaux**, avec manches en fer et nacre, dans leur gaine en fer gravé. xviie siècle.

176 — **Deux étuis a ciseaux** en fer découpé et gravé, dont un incomplet. Sur l'un, les inscriptions : *Amour pour Amour* et *Je meurs pour les miens*. xviie siècle.

177 — **Deux fourchettes et un couteau** en fer damasquiné or et argent. Époque Louis XV.

95

178 — Sécateur en fer gravé, formé par un animal chimérique, les manches terminés par des ornements dorés.

Long., 175 millim.

179 — Petits ciseaux a broder en acier, avec incrustations d'or. Époque Louis XVI.

180 — Deux pièces : petite fourchette en fer avec manche en cuivre et corne et clef en cuivre repercée à jours, de l'époque Louis XIV.

181 — Mouchettes en fer damasquiné or.

106

182 — Six couteaux en acier, avec manches en ancienne porcelaine tendre de Tournai, décor polychrome de bouquets de fleurs.

72

183 — Couteau à plusieurs lames et tire-bouchon, manche écaille et incrustations d'or. Époque Louis XVI.

184 — Deux couteaux, l'un à manche en écaille avec incrustations d'argent ; l'autre à manche en nacre incrustée d'or. Époque Louis XVI.

110

185 — Trois épées, des époques Louis XV et Louis XVI, en fer repercé et ciselé. (Sera divisé.)

186 — Hallebarde en fer ciselé, du xvi⁰ siècle.

560

187 — Fusil a deux coups, de l'époque Louis XVI, très finement sculpté et ciselé, fait par *La Roche à Laval*.

188 — Sous ce numéro, objets en fer et armes non catalogués.

OBJETS DIVERS

189 — Dix pièces étain : plat oblong, huit assiettes et plat rond. Époque Louis XV. (Sera divisé.)

190 — Rouet en bois et cuivre. xviie siècle.

Haut., 41 cent.; larg., 31 cent.

191 — Écritoire quadrangulaire en ébène et cuivres dorés, avec bougeoir et quatre godets en cristal taillé. Époque Empire.

Haut., 17 cent.; larg., 14 cent.

192 — Chauffe-pieds en fer et cuivre poli repercé. xviie siècle.

193 — Petit groupe en bronze patiné : le Baiser, de Houdon. Sur socle rond en marbre blanc, avec cuivres dorés, de l'époque Louis XVI.

Haut. totale, 25 cent.

194 — Coupe en bronze patiné, avec anses serpents en bronze doré. Sur socle marbre jaune.

Haut., 31 cent.

195 — Deux vases Médicis en bronze patiné, avec anses et ornements en bronze doré. Sur socles marbre noir. Époque Empire.

Haut., 30 cent.

196 — DEUX MÉDAILLONS BAS-RELIEFS ovales, représentant
Henri IV et Sully, en bronze doré, dans des cadres
Louis XVI également en bronze doré.

Haut., 25 cent.; larg., 11 cent.

197 — BAS-RELIEF RECTANGULAIRE en hauteur en bronze
patiné, représentant l'Enlèvement de Rémus et de
Romulus. XVIe siècle.,

Haut., 22 cent.; larg., 165 millim.

198 — VASE, de forme ovoïde, avec deux anses sirènes,
sur piédouche en bronze. Époque Renaissance.

Haut., 21 cent.

199 — BÉNITIER en cuivre repoussé : Christ sur la croix,
avec trois saintes femmes au pied.

200 — BASSINOIRE en cuivre jaune repoussé, de l'époque
Louis XIII.

201 — DEUX VITRAUX MÉDAILLONS RONDS, représentant l'un
le Baptême du Christ et l'autre une Sainte tenant une
palme. XVIe siècle.

202 — FRAGMENT DE HAUT RELIEF en marbre blanc, représentant Marie au pied de la croix. XVIe siècle.

Haut., 45 cent.; larg., 30 cent.

203 — SOUS CE NUMÉRO, objets divers non catalogués.

FLAMBEAUX, CHENETS

APPLIQUES, PENDULES

204 — GRAND FLAMBEAU en cuivre poli. XVIᵉ siècle.

Haut., 25 cent.

205 — DEUX FLAMBEAUX, à tiges triangulaires, en cuivre argenté, de l'époque Louis XIII.

206 — PAIRE DE FLAMBEAUX, sur trois pieds, en bronze patiné, de l'époque Louis XVIII.

207 — PAIRE DE CHENETS en cuivre patiné, de l'époque de la Régence ; sur l'un, une Chinoise tenant un faucon, sur terrasse rocailleuse, et sur l'autre, un Chinois tenant également un oiseau. Modèle de *Caffiéri*.

Haut., 36 cent. ; larg., 27 cent.

208 — PAIRE DE CHENETS en cuivre poli, de l'époque Louis XIII, avec tête de femme et grosses boules. Balai, pelle et pincettes également en cuivre poli.

Haut., 40 cent.

209 — DEUX APPLIQUES, à une lumière, en bronze ciselé, de l'époque de la Régence, composées à la partie supérieure d'un buste de femme.

Haut., 27 cent.

210 — PENDULE en marbre et bronze ciselé et doré, de l'époque Louis XVI. Mouvement de *Robin l'aîné à Paris.*

Haut., 40 cent. ; larg. du socle, 25 cent.

211 — PETITE PENDULE, marqueterie *Boulle*, avec ornements en bronze. Époque Louis XIV.

Haut., 33 cent.

212 — PENDULE RELIGIEUSE en bois mouluré et ornements en cuivre. Mouvement de *J. Thuret à Paris.* Époque Louis XIII.

Haut., 46 cent. ; larg., 28 cent.

213 — PETITE PENDULE, sur quatre petits pieds, de l'époque Louis XIV, en marqueterie *Boulle*, avec ornements en cuivre.

Haut., 32 cent.; larg., 16 cent.

214 — SOUS CE NUMÉRO, objets de cette série non catalogués.

BOIS SCULPTÉS
MEUBLES ET SIÈGES

215 — SEPT PANNEAUX en chêne sculpté, dont cinq avec tête dans un médaillon. Époque de la Renaissance.

216 — FRISE D'UNE TABLE en noyer sculpté à godrons.

217 — CINQ PANNEAUX, avec onze motifs gothiques, en chêne sculpté, dont quatre avec blasons.

218 — DEUX PANNEAUX GOTHIQUES en chêne sculpté, composés chacun de cinq motifs différents.

219 — PANNEAU DE COFFRE GOTHIQUE en noyer sculpté.

Haut., 1 m. 33 cent.; larg., 62 cent.

220 — GRANDE FRISE LOUIS XVI en chêne sculpté : guirlandes de fleurs et colombes.

Long., 1 m. 90 cent.; haut., 38 cent.

221 — PANNEAU RECTANGULAIRE en chêne sculpté, frise représentant des scènes mythologiques. XVIᵉ siècle.

Long., 1 m. 40 cent.; haut.., 45 cent.

222 — PANNEAU RECTANGULAIRE en chêne finement sculpté, de l'époque Louis XIV.

Haut., 1 m. 24 cent.; larg., 80 cent.

223 — Quatre colonnes doubles torses en noyer sculpté, provenant d'un lit. Époque Louis XIII.

Haut., 2 m. 25 cent.

224 — Armoire en noyer très finement sculpté, représentant les Quatre Saisons et ornements divers, de l'époque Louis XIV.

Haut. de chaque porte, 2 mètres; larg., 63 cent.

225 — Deux petites consoles-appliques en bois sculpté doré, de l'époque Louis XIV.

Haut., 20 cent.; larg., 14 cent.

226 — Cadre en bois sculpté doré, de l'époque Louis XIII.

Haut., 1 m. 5 cent.; larg., 85 cent.

227 — Cadre démonté en chêne sculpté, de l'époque Louis XIII.

228 — Partie de cadre ou haut d'un petit meuble en noyer sculpté, composé de deux cariatides, de l'époque de la Renaissance.

229 — Glace avec cadre à fronton, de l'époque Louis XVI, en bois sculpté et doré.

Haut., 1 mètre; larg., 54 cent.

230 — Deux cadres, en forme de monument, de l'époque Louis XIII, en bois sculpté doré et peintures.

Haut., 45 cent.; larg., 34 cent.

231 — Côté d'un cadre en bois très finement sculpté, de
l'époque Louis XVI.

232 — Petit cadre en bois sculpté doré, de l'époque
Louis XIII.
Haut., 32 cent.; larg., 27 cent.

233 — Cadre ovale Louis XV, avec fronton ajouré, en
bois sculpté, avec traces de dorure.
Haut., 60 cent.; larg., 33 cent.

234 — Deux petits cadres rectangulaires en bois sculpté
doré, de l'époque Louis XIV.
Haut., 29 cent.; larg., 35 cent.

235 — Bois de lit, de l'époque Louis XVI, en chêne
sculpté.

236 — Caqueteuse en chêne sculpté. Fin du xve siècle.

237 — Fauteuil canné en bois sculpté, de l'époque
Louis XIV.

238 — Bois de fauteuil sculpté, peint en blanc, de
l'époque Louis XVI.

239 — Petit coffre gothique en chêne sculpté.
Haut., 39 cent.; long., 80 cent.

240 — Meuble à deux corps et quatre portes en chêne
sculpté, du xvie siècle, en partie de travail moderne.
Larg., 1 m. 12 cent.; haut., 1 m. 44 cent.

241 — Deux côtés de bureau, avec six tiroirs, en marqueterie de bois, de l'époque Louis XIII.

242 — Cheminée en chêne sculpté, de l'époque de la Régence.

Haut., 1 m. 3 cent.; larg., 1 m. 15 cent.

243 — Coffre en chêne sculpté, du xvıe siècle.

Long., 1 m. 60 cent.; larg., 55 cent.; haut., 56 cent.

244 — Coffre, pouvant servir de banquette, en noyer sculpté, du xvıe siècle.

Long., 1 m. 57 cent.; haut., 5o cent.; prof., 54 cent.

245 — Coffre en chêne entièrement sculpté de personnages, cariatides et ornements divers. xvıe siècle.

Larg., 1 m. 36 cent.; haut., 87 cent.; prof., 61 cent.

246 — Grande armoire, à fronton cintré Louis XIV, en bois sculpté.

Haut., 2 m. 3o cent.; larg., 1 m. 5o cent.; prof., 42 cent.

247 — Bibliothèque en marqueterie *Boulle*. Époque Louis XIV.

Haut., 2 m. 45 cent.; larg., 1 m. 40 cent.

248 — Grande bibliothèque, à trois portes, en chêne sculpté, composée de douze panneaux dont quatre de la Renaissance.

Haut., 2 m. 45 cent; larg., 2 m. 35 cent.; profond., 41 cent.

249 — BUFFET, à deux corps, en chêne sculpté, ayant deux portes vitrées, deux portes pleines et un grand tiroir. XVIIᵉ siècle. Quelques parties sont modernes.

Haut., 2 m. 40 cent.; larg., 1 m. 40 cent.; profond., 55 cent.

250 — MEUBLE en chêne à deux corps, à portes pleines, avec deux colonnettes de chaque côté. XVIᵉ siècle.

Haut., 1 m. 73 cent.; larg., 1 m. 35 cent.; prof., 51 cent.

250 *bis* — CADRE sculpté Louis XIII.

Haut., 85 cent.; larg., 71 cent.

251 — SOUS CE NUMÉRO, bois sculptés, meubles et sièges non catalogués.

ÉTOFFES ET TAPISSERIES

252 — Deux rideaux en toile imprimée de Jouy.

253 — Bordure et deux petits morceaux broderie sur fond vert, avec franges de soie.

254 — Garniture de lit en toile de Jouy, composée de trois morceaux.

255 — Frange dorée (environ cinq mètres).

256 — Paire de jarretières en broderie au passé sur soie crème avec devise :

> *En ce jour et en ces lieux*
> *De vous je suis amoureux.*

Époque Louis XVI.

257 — Deux bandes satin broché, avec ors sur fond vieux rose.

258 — Chasuble en velours grenat, sur fond toile métallique et galons argent. xvi* siècle.

259 — Quatre morceaux de soierie, dont un vieil or sur fond vert et les trois autres, fleurs et fruits sur fond crème.

260 — Couvre-lit en toile de lin brodé soie, oiseaux et papillons. Epoque Louis XVI.

261 — Deux morceaux soierie brochée.

262 — Deux bandes velours grenat, sur fond lamé argent. Epoque Louis XIII.

> Long., 1 m. 20 cent. sur 22 cent.

263 — Bande guipure.

> Long., 3 mètres; haut., 29 cent.

264 — Nappe en guipure.

> Long., 1 m. 30 cent. sur 56 cent.

265 — Col, très fine guipure de Venise.

266 — Nappe avec carrés de guipure de Venise.

> Long., 1 m. 52 cent.; larg., 1 m. 3 cent.

267 — Deux manchettes et jabot en broderie de l'époque Louis XV.

268 — Trois fragments gothiques en broderie, représentant trois saints.

269 — Huit bandes étroites, représentant vingt-quatre apôtres en broderie sur fond tissu métallique. XVI⁰ siècle.

270 — Deux pièces, dont un lambrequin en toile imprimée, avec franges.

271 — Cinq morceaux toile de Jouy, décor de Chinois
dans des cartouches et grands branchages fleurs.

272 — Écran en tapisserie au point, de l'époque
Louis XIV. Le bois est sculpté sur ses deux faces et
est de la même époque.

> Haut., 1 mètre ; larg., 64 cent.

273 — Deux garnitures de fauteuils en tapisserie d'Aubusson, de l'époque Louis XVI.

274 — Trois morceaux bordure de tapisserie ancienne.

275 — Grande tapisserie de Bruxelles du XVIe siècle,
représentant une chasse composée de nombreux personnages et animaux. Belle bordure composée de
personnages, animaux, fruits et fleurs.

> Larg., 4 m. 40 cent.; haut., 3 m. 60 cent.

276 — Portière tapisserie-verdure, avec ses bordures
fleurs et fruits.

> Haut., 2 m. 60 cent.; larg., 1 m. 7 cent.

277 — Portière verdure, avec bordure de trois côtés
tapisserie d'Aubusson.

> Haut., 2 m. 50 cent.; larg., 1 m. 90 cent.

278 — Tapisserie de l'époque Louis XIII, représentant un sujet de l'Histoire romaine; bordure à fleurs de deux côtés.

Haut., 2 m. 85 cent.; larg., 1 m. 70 cent.

279 — Sous ce numéro, étoffes et tapisseries non cataloguées.

RED.:

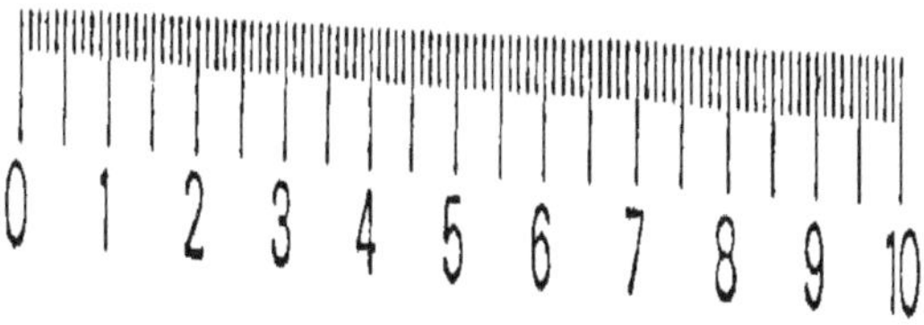

23

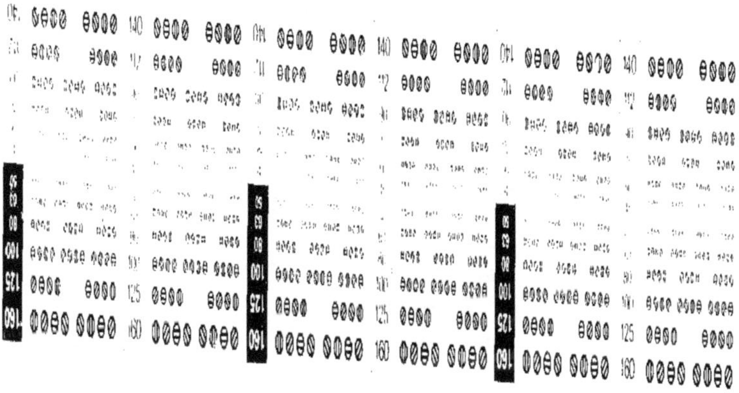

BIBLIOTHÈQUE
NATIONALE
DE FRANCE

* * * *

CHATEAU
DE
SABLÉ
1997